Живало-бывало, жил дед да с другой женой. У деда была дочка, и у бабы была дочка.

Все знают, как за мачехой жить: перевернёшься – бита и недовернёшься – бита.

А родная дочь что ни сделает – за всё гладят по головке: умница.

Падчерица и скотину поила-кормила, дрова и воду в избу носила, печь топила, избу мела – ещё до свету... Ничем старухе не угодишь.

Ветер хоть пошумит, да затихнет, а старая баба расходится – не скоро уймётся. Вот мачеха и придумала падчерицу со света сжить.

Вези, вези её, старик, – говорит мужу, – куда хочешь, чтобы мои глаза её не видали! Вези её в лес, на трескучий мороз.

Старик затужил, заплакал, однако делать нечего, бабы не переспоришь. Запряг лошадь:

– Садись-ка, мила дочь, в сани.

Повёз бездомную в лес, свалил в сугроб под большую ель и уехал.

Сидит под елью старикова дочь, дрожит, озноб её пробивает.

Вдруг слышит – невдалеке Морозко под ёлкой потрескивает, с ёлки на ёлку поскакивает, пощёлкивает. Очутился на той ели, под которой девица сидит, и сверху её спрашивает:

– Тепло ли тебе, девица?

Она чуть дух переводит:

– Тепло, Морозушко, тепло, батюшка.

Морозко спустился, пуще затрещал, сильнее защёлкал:

– Тепло ли тебе, девица? Тепло ли тебе, красная? Тепло ли тебе, лапушка?

Девица окостеневать стала, еле языком шевелит:

– Ой, тепло, голубчик Морозушко!

Тут Морозко сжалился над девицей, окутал её тёплыми шубами, отогрел пуховыми одеялами.

Поехал старик в лес проведать дочь – под большой елью сидит его дочь, весёлая, румяная, в собольей шубе, вся в золоте, в серебре, и около – короб с богатыми подарками.

Старик обрадовался, положил всё добро в сани, посадил дочь, повёз домой.

А дома старуха печёт блины, а собачка под столом:

– Тяф, тяф! Старикову дочь в злате, в серебре везут, а старухину замуж не берут.

Вдруг отворилась дверь, в избу входит падчерица – в злате-серебре, так и сияет. А за ней вносят короб высокий, тяжёлый. Старуха глянула – и руки врозь...

– Запрягай, старый, другую лошадь!

Вези мою дочь в лес да посади на то же место.

Старик посадил старухину дочь в сани, повёз её в лес на то же место, вывалил в сугроб под высокой елью и уехал.

Старухина дочь сидит, зубами стучит.

А Морозко по лесу потрескивает, с ёлки на ёлку поскакивает, пощёлкивает, на старухину дочь поглядывает:

– Тепло ли тебе, девица?

А она ему:

– Ой, студёно! Не скрипи, не трещи, Морозко...

Ниже спустился Морозко, сильнее приударил, затрещал, защёлкал:

– Тепло ли тебе, девица? Тепло ли тебе, красная?

– Ой, совсем застудил! Сгинь, пропади, проклятый Морозко!

Рассердился Морозко да так хватил, что старухина дочь окостенела.